두물머리 산책

　수난의 한복판을 가로 질러 살아오는 자만이 시인이 될 수 있다는 말이 있다. 시인은 그만큼 여러 난관을 거친 다음에 비로소 꽃피우는 선택된 자의 몫이라고 보겠다.

　요즘 사회가 경박하다 못해 차츰 비열해지고 있다.

　따뜻한 체온을 나누며 살아가야 하는데 사람 사는 세상이 너무 삭막하여 춥기만 하다. 서글픈 일이다.

　어느 문예지의 통계를 보면 우리나라에 등단한 시인이 대략 6천명을 넘어서고 있다. 인터넷이나 시 동호인까지 합하면 몇만 명을 훨씬 상회하고 있다고 본다.

　시인이 많을수록 험난한 세상에 등불이 되어 희망의 노래를 부르지않을까 자위해 본다.

　좋은 시 한 편을 얻으면 천하의 어떤 보배를 얻는 것 보다 흡족한 것이 시인의 마음이다.

　오늘 또 한 사람의 시인이 '두물머리 산책'을 상재한다.

　시인 김광진, 필자는 김 시인을 보면서 든든한 마음과 함께 그가 늘 젊고 패기가 있는 시를 쓴다고 생각한다.

　그는 시의 한 귀퉁이에서 안주하지 않고 모험을 즐긴다. 거기에 사물을 보는 시각도 예리하고 시골의 오솔길을 걷는 것처럼 편안하다는 느낌을 받곤 한다. 또 그의 시는 한

곳에 치우치지 않고 일정한 평형을 유지한다.

　김 시인의 처녀 시집 발간에 당부하고 싶은 것은 시에서 이미지는 살, 리듬은 피, 의미는 뼈라는 말이 있다. 사람으로 치면 살이 너무 깡마르거나 쪄 버리면 남 보기 흉하듯이 안성맞춤이어야 하고, 리듬도 보다 유연하고 원활하게 움직여야 피돌기가 잘되고, 몸을 크게 지탱할 수 있는 뼈가 튼튼해야 건강한 시를 양산한다. 그런 시 쓰기만이 양질의 시로 높은 품격品格을 유지한다고 보겠다. 또 시에 감성을 골고루 잘 입혀야 그 시가 윤택해 지고 큰 빛을 발할 수 있는 것은 자명한 일이다.

　마지막으로 시작詩作을 할 때에는 늘 허기虛飢를 느껴야 한다.

　시작詩作의 보폭步幅을 넓히려면 늘 생각의 폭도 깊고 넓게 단련시켜야 한다. 시 쓰기는 냉정한 자기와의 싸움이라는 것을 명심해야 한다.

　늘 자신을 담금질하는 마음으로 끊임없이 천착해야 함도 잊지 말아야 할 것이다.

　　　　　　　　　　　　　　　2024년 2월
　　　　　　　　　　　　　　　박 수 진

제1부 삐에로

제2부 워워

제3부 **길**

제4부 세미원 연

제1부

삐에로

가을비

비도 아닌 것이
눈은 더 아닌 것이

내리는 듯이
마는 듯이

추秋
적迹
추적秋迹
추적추적追跡追跡

가을비가 지나간다

삐에로

동네 고깃집 앞에 가면
언제나 변함없이 인사하는
예쁜 아가씨가 있다

눈이 오나 비가 오나
나를 보면 언제나 인사한다
얼굴 한 번 찡그리거나
싫은 내색 한 적 없다
식사도 거른 채다

내게만 인사하는
한복 입은 예쁜 삐에로
하나 갖고 싶다

거미줄

똥줄이 타도록
강철보다 질긴 줄
내 뿜으며
수없이 오르내리고
수많은 생과 사가 이루어진 줄
몰랐다

얼굴 한 번 찡그리고
팔로 한 번 훔쳤는데
오래도록 공든 탑이
그렇게 무너질 줄
몰랐다

아름다운 건축술
삶의 터전
역사가 한 번에 무너질 줄
몰랐다

검룡소 가는 길

한강의 뿌리 찾아
가는 길
두문동 고개 넘어 태백
사위는 안개가 품고
금대봉이 누르고
대덕산이 앞을 막는다

스탠바이
회색 정지 화면
바람도 숲 속에서
숨죽여 우는데
안개비만 살며시
마음을 적신다

단풍 1

누가 저리 곱게
물들었는가

어쩜 저리도 예쁘게
그렸는가

빨강 노랑만으로

스러져 가는 아픔이
어쩜 저리 아름다운가

덕유산 정상에서

산은 이미 산이 아니다
산안개 끌어 올려
구름 되고
그 구름 아래로 내려와
바다 되었다

구름이 내 준 빈자리
시리도록 파란 하늘에
떠오르는 햇살 눈부시다

어디서 왔는지
어디로 가는지 알 길 없고
떨어져도 포근히 둥실
마음 편하다

멀리 보고
깊은 숨 쉬면
신선이 따로 없다

무지렁이 일생

무명산 어느 골짜기
잡목 가지 끝에 붙어 있던
이파리 하나
팔랑거리다 떨어졌다

거두는 바람만 알 뿐
같은 나무 잎새들도
붙들었던 가지도
눈길 주지 않았다 잎는 날 때부터

봄 지나 여름 거쳐 가을까지
가장자리 뜯기고 구멍도 뚫렸지만
큰 탈 없이 자라서
단풍들었다

나뭇잎들 떨어져

수북이 쌓여도

세상은

그저 고요하기만 하다

민들레

도서관 가는 길목
보도블록에
샛노란 민들레 피었다

지난여름 날려 온 씨앗
무서운 비바람 이겨내고
모진 겨울 몸 숨겼다가
따스한 햇살 품고 밤이슬 고이 담아
파랗게 싹트더니
밟히면서 강해지고
끈질기게 생명줄 놓지 않았다

땅바닥에 몸을 깔고
가지도 없이
오로지 자식위해
밤에는 별님보고 낮에는 해님에게
빌고 또 빌었다

보아주고 알아주는 이 없어도
어머니는 거기에
자랑스런 민들레로 피어 계셨다

단상

생각 한 켜 넣고
세월 한 켜 담아

곰삭였다가

글 한 줄 끌어올려
들고 나며
보면

시 한 수
꽃이 핀다

아내의 생일

멋쩍어
케잌도 못 사고
그 흔한 들꽃 한 송이도
준비하지 않고
쑥스러워 사랑한다
말도 못하지만

그래도

사랑보다 더한 정으로
용기보다 더한 믿음으로
항상
고마운 마음으로 살아갑니다

백두산

오랜 옛날
깊은 바다 속
붉은 피 토하며 태어나
머리에 천지이고
북으로
그 물 흘러 압록 두만 이루고
미려한 능선 끝나는 곳에 만주 평야 만들었다

드러난 쇄골
갈기 세운 채
불끈 힘주어
남으로 백두대간 이루고
울퉁불퉁 솟아
금강 설악 지나 소백 지리로 솟는다

오르는 길 여러 갈래로
가슴 열고
보는 곳 따라 또 다른 모습으로
이름 달리하는 산

산은
서로 어깨를 걸고
지켜보고 품을 뿐
사람은
오고 가고 또 오는데

산은
말없이 또 다른 만년을 맞이하고 있다

창

풍경화
한 점

꽃 피고 녹음지고
붉게 물들다 온통 백지 되어
다시 또 다시
그림을 그린다

창 열면
풀벌레 소리
음악 품은 풍경화
비 내리면
자연 다큐 동영상 된다

내 마음의 풍경화

갈고 닦으면

깊이 보이고

열면

세상이 내게로 온다

추련秋蓮

물 묻지 않고
더럽혀지지 않던
지난날의 도도함

이제는
꺾이고 구부러진 심지
고개 숙인 연밥

화려한 꽃날만 그린다

연꽃 향 그리운 강녘
노송 옆 비껴선 나그네
염화미소* 짓는다

* 염화미소 : 석가모니가 연꽃 한 송이를 대중에게
　보이자 가섭만이 빙그레 그 뜻을 깨닫고 지은 미소

태백 가는 길

꽃 품은 산이
내게로 왔다
눈 맞추고 사라진다

협곡도 터널도
지나는 바람이다

산은
사람과 또 다른 사람을 구경한다

겨울자작나무숲

자작나무숲속에
잔설은비듬되어
머릿밑이가렵다
창포에머리감고
초록옷입을날을
말없이기다리는
자작나무노신사
벗을수록강하고
내려야산다는걸
진작부터알았다

가을 산

제3막
가을 무대
총천연색 시네마스코프

파란 하늘 흰 구름
계곡 물 부는 바람
다람쥐 고라니
출연진도 다채롭다

무대 뒤 청설모
겨울 준비 바쁘고
풍성한 가을걷이
안 먹어도 배부르다

무심한 기러기
저녁노을
가른다

꽃 1

우리가 꽃을 좋아함은
꽃이 언제나 환한 얼굴로
미소 짓기 때문입니다

비바람 천동치는 무서운 밤
이글거리는 태양 목마름 뒤로 한 채
항상 우리를 반겨 맞기 때문입니다

나도 당신의 꽃이고 싶습니다
세상이 온통 꽃밭이면 좋겠습니다

노염老炎

태양을 삼킨
몸이
뜨겁다

불 뿜는
한 마리 공룡
몸부림친다

소용이 없다

손에 쥔 냉수 잔도
눈물만 흘린다

이도
지나면
추억이 되려나

꿈

태양이 지나며 도시를
거둔다

산만큼 바다만큼
큰
장막을 치면
세상은 어두움 속으로
숨는다

눈을 감는다
아지랑이가 오른다
정신을 모은다
보고 싶은 것들이 보인다
눈 감아야 보이는 세상이다

잠이 든다
보인다

지난 일도 다가올 일도
그리움까지도
또 다른 세상이다

봄날 오후

햇살이 참 좋다

울리지 않는 전화기만
만지작거리다
그리운 이들에게 카톡을 보낸다
아는 척을 안 한다
다들 바쁜가 보다

귀밑이 가려워 손으로 쓸었더니
날벌레가 잡힌다
쓰윽 문지른다
너에겐 소중한 삶이겠지만
나에겐 일상이다

그렇게 봄날은 또 지나간다

뱀의 독설

내가 싫다고요
나도 좋아하지 않아요
보기만 해도 소름이 끼친다고요
나도 만날까 봐 겁 난답니다
생각조차 하기 싫다고요
나도 그렇답니다

서로
보지도 만나지도 말고
살아갑시다
내가 뭐라 했나요
피해 준 적 있나요

도대체
내가 무슨 잘못 했나요
태어날 때부터 뱀인 걸요
나더러 어쩌라고요

눈 덮인 진달래

무에
그리 급해서
잎도 나지 않고
꽃부터 피었나
벌 나비 불러서
열매 맺을 것도 아니면서

조금만 참았으면
세상은 따뜻해지고
봉오리 벙글고
숭어리 방글거려
이 산 저 산 불지르고
가슴 속도 불지를 것을

철지난 폭설에
각혈 토하고
찾는 이 없이
얼어서 사라져

또
내년을 벼리어야겠구나

어서 오세요

별나라
안드로메다에서
억겁에 걸쳐 시나브로
수많은 인연 속에 하늘 열고 온
우리 아가

어서 와라 반갑다
와 줘서 고맙다

네가 웃으면
꽃 숭어리 벙글고 그 향기 퍼져
세상은 온통 꽃밭 된다

너의 작은 몸짓
하나에
바람도 멈추고
햇살 가득 양지 뜸에 새싹 돋아
새 세상 열린다

* 2014. 7. 1 외손녀 출생을 기념하여

코스모스

장맛비 이겨내고
뭉게구름 바라보며

작은 바람에도
허리굽혀 손 흔드는 넌
키 크고 정 많은 소녀

하얀 교복 등짝에
도장찍던 까까머리

코스모스 꽃 길은
어디나 고향이다
추억여행 떠나는
향수의 길이다

목화 따는 날

가을 하늘 뭉게구름
목화송이로 내려와
시리도록 파란 하늘
구름 한 점 없다

터지는 송이마다
할머니 생각
포근한 감촉마다
그리운 어머니

지금은 볼 수 없는
무명옷 솜이불

봄 풍경

강은
산 그림자만 비추일 뿐
속내를 드러내는 법이 없고
나무도
제 살 뒤집어 햇살만 받을 뿐
언제나 그 자리다

졸고 있는 강아지도 정물화인데
꽃만
쳐다보라고
아우성이다

갑자기
새 한 마리
날쌔게 한 획 긋는다
정지화면 아니라고

워워

들판에 엇부루기*
씩씩거리며 쌍 콧김 내뿜고
번질거리다 콧물 되어 흐른다
뿔 변한 발굽으로 갈라져라 구르자
땅이 놀라 패인다
워워

근질근질한 머리로 애꿎은 나무 들이받고
살점 드러난 나무 하얀 뼈뿐이다
워워

남는 힘 주체 못 해 이랑 망가뜨리고
먹는 것 앞에선 막무가내다
워워

암소를 보자 물건 드러내고 덤벼
어쩌지 못하고 주위를 두리번거릴 뿐
워워

* 엇부루기 : 아직 큰 소가 되지 못한 수송아지

소한

눈이 내린다
쌓인다

마음속에도 시름 되어 쌓인다
켜켜이 쌓인다
칼로 물 베기면 좋으련만
매듭으로 묶여져 옹이로 남는다

언덕 위 소나무는 눈보라도 거세다
냉기는 옷 속으로 파고들고
한기는 뼛속까지 스민다
숨어도 소용없고 피해도 쫓아온다
나무도 흙마저도 자리 내주고 떨고 있다
끝없을 것 같다

그래도 안다
진달래 꽃눈이
봄이 옴을 알림을

양수리

예봉산 운길산
산 그림자 드리우고
견우봉 직녀봉
내려 보는 곳

두 물 만나 한 물 되어
한 강 되는 곳
연꽃 향 그득하고
하늘에 배 떠 있는 곳
수리 수리 양수리
마술 같은 곳

뱃놀이

사공은노를
깊숙이
박아
흔들고
또돌리며
잘도젓는다
팔다리힘주고
온몸뒤로젖힌다

배
잡은
아낙네
몸흔들며
비명도요란하다
정신마저아뜩하다

배도

흥거워

몸흔들며

미끄러지듯

물위를달린다

뱃전도흠뻑젖고

강물또한황홀하다

척

달도 별도 보았다고
밤하늘을 아는 걸까
사랑에 눈멀었다고
님을 아는 걸까
알려고 애쓴다고
알 수 있을까
흐르는 시간에
한쪽 어깨 걸치고
그냥 그렇게
사는 거지
아는 척하며

수묵화

검은 빛 농담과 여백
두물머리는 진경이다

나뭇잎
밑으로 밑으로
내려놓고

묵은 갈대
가슴앓이
칼바람 소리

조각배
옛 생각에
발 묶였는데

등 굽은 나그네
구름 헤치고

외기러기
북녘 하늘 가르네

용문사 은행나무

수억년
빙하기 이기고
신라 천년
웅변하며

하늘로
땅속으로
다져 온 나무

가슴 연
이들에게
잎으로 열매로
하트 그리며
말하고 있다

거울 앞에서

하루에도 몇 번씩 수 만 번 보아 온
거울 앞에 선 내 모습이
오늘은 새롭다

새치를 넘어선 반백이며
가릴 수 없는 눈가 주름
한두 개씩 피어난 검버섯
정신은 깜빡깜빡
판단은 흐릿한데
느는 건 독선과 아집뿐

앞만 보며 달리다 뒤돌아보니
다시는 못 갈 길이 아스랗다

곤흘동*에서

바다가 끓고 땅이 솟구치고
하늘이 내려앉았다
위정자에 의한
심판의 날이었다
그들은 이미 신이 되어 있었다

산도 바다도 그대로였고
바람도 햇살도 여상했는데
원주민이란 이유로
알려줄 사람 하소연할 사람
하나 없이
구천을 열고 안양으로 줄지어 갔다
하늘은 보았고 땅은 겪었다

바다는 변함없이 넘실대는데
돌담 홀로 아름다운
곤흘동 빈터 대숲에서
원혼은 바람으로 울고
서슬 퍼런 댓잎 날을 세운다

* 곤흘동 : 4·3사건 당시 주민이 몰살되었던 마을
　　　　제주시 화북동에 위치

곰탕

코뚜레 꿰어
한평생 멍에 지고 살았다
항변 한 번 못하고
죽어라 일만 했다
큰 눈망울 그렁한 눈물 보이며
끝나지 않은 생 마감했다

죽임도 모자라
살은 발라서 구워먹고 볶아먹고 삶아 먹고
껍질은 가죽으로 뼈마저도 푹푹 곤다
생이 녹아 뼛속 깊은 한이 녹아
진국이 되었다
한 줌 뱃속 채우려고 입맛 다신다

이제서야
겉치레 벗고 자유로운 영혼 되어
황천길에서 운다
곰탕 국물에서 그 울음 들린다

전철풍경
- 토요일 오전 옥수역을 지나며 -

조금은 낯선 화장을 한 중년 아줌마
입 꼬리가 연신 올라가는 걸 보니
좋은 일 있나 보다
눈을 감고 이어폰에 열중하며
발을 까딱거리는 아가씨는
음악에 심취했나 보다
스마트폰을 보면서
연방 웃는 예쁜 여학생
친구랑 채팅하느라 손가락이 바쁘다
무거운 머리를 못 가누고
꾸벅 조는 초로의 여인은
삶이 고단한가 싶다
달리 할 일 없어 지루한 중년 남자
별다른 생각도 없는 듯하다

맞은 편 일곱 사람 중
여자가 다섯 외국인도 한 명이다
전화기 만지는 사람이 다섯 명
스마트 폰이 제일 가까운 친구인가 보다

단풍 2

화려한 봄꽃이
가을 단풍만 하겠는가

춘산 불태우는 진달래가
만산홍엽만 하겠는가

진한 봄꽃 향이
낙엽 태우는 냄새만 하겠는가

어디
봄 여름 거친
가을만 하겠는가

만선

옹치리 포구, 바다는
파도로 입 벌리고
포말로 이빨 드러낸다

하얀 뱀 한 마리
긴 꼬리 끌고
이른 새벽 물결 탄다

아가리엔
밤새 잡은 오만 생선
가득 물고
보무도 당당하게
넓은 바다 가른다

갈매기도 기웃거리고
부둣가 사람들
새벽부터
떠들썩하다

옹가네 매운탕 집 할머니
들었던 가슴 내린다

달맞이꽃

부끄러워
깊은 밤
시골방천에
노랗게, 수수하게 피는 꽃

누이 같은 꽃

알고 보면
화려하여 농염하고
마주보면
달콤한 향기 짙은 꽃

밤이 좋아 달이 좋아
밤에 피는 꽃

양은 술잔

그대의 입맞춤에
행복했었고
몸 부딪는 건배는
야광배였네

외롭고 힘들 땐
친구였었고
분별을 넘어설 땐
계영배였네

언제나 그랬듯이
탁배기 한 사발이면
난
그저 그만인데

그대
이제는 퇴주잔이 되었구나

벌초

오뉴월 땡볕
제 세상 만난 풀밭에
난데없는 예초기 소리

한 가닥 나이론 줄 신이 났다
목이 잘리고 뿌리까지 잘린다
여러 토막이 난다
피가 솟고 살점이 튄다
외마디 비명은 엔진 소리에 묻힌다

뭔 일인가 싶어 머리를 내밀었던
땅속 벌레도 날지 못한 곤충도
제삿날이다
모두가 흙이 되어
왔던 곳으로 돌아간다

꿈이 잘린다 삶이 뭉개진다
희망마저도 사라진다

어머니의 땅

원래부터 그러긴 했지만

어제는
썩은 배설물이 나왔어요
아마 속까지 상했나 봐요
거름을 먹고 꽃을 피운다고
아무거나 먹는 건 아니에요

오늘은
속도 상할 수 없나 봐요
농약 방부제
수없이 먹었거든요

이제는
가려서
몸에 좋은 것도 먹고 싶어요

나이가 제법 됐거든요

사랑꽃

아름다운 사랑만 사랑이더냐
어디 뜨거운 사랑만 사랑이더냐

돌아서 눈물 흘리는 사랑
내일 위해 포기하는 사랑

조금은 남겨 둔
피지 못한 사랑도 사랑이더라

남 몰래 숨죽이며 혼자 하는 사랑
나를 깎아 거져 주는 더 큰 사랑
그 사랑 넘쳐 꽃 되어 필 때

세상은 온통 꽃밭 되고
강물은 꿀로 흘러
나비 떼 훨훨
향기를 피우리라

운현궁

구중궁궐에 갇혀
고층빌딩에 막혀
차가 밀려
나가려도 옴짝달싹 못한다

켜켜이 쌓여만 가는 역사
퇴적암 되어 간다
천지가 개벽해야
화석 되어 드러날 텐데
그 날이 언제인가 싶다

어쩌다 들린 사람 한 둘이
외국인처럼
신기하게 구경하는데

대원이 대감 호통소리
찌렁하게 들린다

무화과

자랑하는 꽃
속에 감추고
떨구어 앙다물고
햇살 받아 제 몸 삭혀
준비해 온 여러 날
찾아와 몸 바치니
귀하기만 하다

껍질도 꽃도 씨도
버릴 것 없이
한 입 베어 물면
남도에 온 듯하다

하늘이 보인다
골병들어 허리 휜
아버지가 보인다

반영反影

바람 자는 주산지
벚꽃 물그림자
빠지고 싶도록 아름답다

잔 물결에 흔들리는 꽃 대궐
동화 속 궁전이다

사랑 놀음하는 원앙 한 쌍
천국이 따로 없고
사방은 꽃향기
종일 취해도 좋다

경계를 넘은 바람
꽃들이 흔들리고
궁전이 무너진다

부는 바람 한 조각에
눈 한 번 껌벅이고
자리 털고 일어난다
춘몽이다

그림

- 정물화 -

진짜보다
더
진짜 같은 것

진짜보다
더
오래가는 것

진짜보다
더
값어치 있는 것

인생

포근한 햇살
시원한 바람
속에

물주며 정성들여 가꾸자

비료도 주지 말고
농약도 치지 말고
무공해로 가꾸자

잡초도 뽑고
가지도 치면서
정성으로 가꾸자

인생 뭐 별거 있어?

지는 꽃

꽃

영원히 피어있을 줄 알았더냐

언제나 벌 나비 찾을 거라 생각했더냐

고개 숙이고 떨어질 줄 몰랐더냐

열매 맺기 위해 잠시 핀 줄 정말 몰랐더냐

서러워 마라

부낙화不落花 부결실不結實이

세상 이치인 것을

감았다 눈 뜨면

또 다른 세상인 것을

제3부

길

기침하는 아내

돌아눕는다
자꾸만 등을 돌린다

여보, 왜 그래?

아내는
말이 없다

이마 한 번 짚어 보고
잠을 청한다

껌딱지

고운 옷 벗겨지고
은박 속옷까지 찢긴 채

위아래로 꽉꽉 씹혀

튼튼하던 몸 물러지고
단물도 주고
향기마저 앗긴 채

뱉어진
껌딱지

무슨 미련 남아
구두 뒤축에
달라붙었나

길1

먼 아주 머언 옛날부터
길은 있었다

아장아장 걷는 고샅길
민들레 개나리 친구였고
만나는 사람마다 반겨주었다

정상으로 오르는 자드락길*
숨차고 힘들어도
더 넓은 세상 보였고
가없는 나락 벼룻길*
비바람에 물으며
길 위에서 길을 찾았다

코스모스 반기는 꽃길
황혼이 아름다운 들판
가을걷이 한창이었다

속부터 시려오는 눈보라길
그보다 더한 것은
인적 드문 외로움이었다

아스라한 길 끊어지고
강 건너
문 없는 길 또 이어진다

* 자드락길 : 나지막한 산기슭의 비탈진 땅에 난 좁은 길
* 벼룻길 : 아래가 강가나 바닷가로 통하는 벼랑길

요양원

살 만큼 산 사람들이
이룰 만큼 이룬 사람들이
딱히 해야 할 일도 없이
아무 걱정 없이 사는 곳

때 되면 밥 주고 수발도 들어주고
목사님도 스님도 빌어 주는 곳
천국 같은 곳

그러나
희망이 없는 곳

부부 1

잘해주면 당연하고
안 그러면 서운한 사람

때로는
없을 때가 더 좋은 사람

내 허물 모두 알고
덮어 주는 사람

남도 님도
아닌 사람

대신
죽어 줄 수도 있는 사람

세월

옛날엔
그렇게 빠르지 않았다
적어도 내가 더 빨랐으니까
빨리 오라고 해도 느려터지더니만
그리도 느려터지더니만

언제부턴가
돌아보면 빠르고
갈수록 가속도 붙어
저만치 앞서 가서는
빨리 오라고 난리다

옆도 뒤도 보면서
해찰도 하고 싶은데
두고 혼자 먼저 가래도
같이 가야 한다고 난리다

한 십 년 비켜서면 좋겠는데
쉬엄 가고 싶은데
눈 감았다 뜨면 또 저만치 가선
빨리 오라고 난리다

소나기

해도
가로등도 없는 대낮
밤처럼 어둡고 요란하다

하늘
속이 많이 불편한가보다

비가 온다 퍼 붓는다
가슴은
벌써 무너져 내린다

끝없이 올 것 같더니
온통 세상을 삼킬 것 같더니
햇살이 비친다

내 마음도
소나기 같았음
좋겠다

휴식

누워 아침
앉아 점심
서서 저녁

궂은 비도 도와주고

영월에서

오는 길 따라 펼친
그리움

산 아래 진달래
산불 되어 타고
높은 산안개
연기되어 오르다
청령포를 덮었는데

버릴수록 채워지는 그리움에
가슴만 아리다

가는 길 따라 다시 걸어
가슴 속 깊이 묻었다가
비 오는 밤 뒤척일 때 꺼내
되새김하리라

보고프면 눈 감고
힘들면 가슴도 닫고
그래도 또 안 되면
그냥 그리워하리라

인연

만난 적도 본 적도 없는
이름 없는 풀꽃이
잡는다

지는 아픔도 없고
예쁘지도 않은
그저 그런 들꽃이
인연되어
밀칠수록 파고들며
발목을 붙잡는다

뺄수록 빠지는 늪처럼
풀수록 헝클어지는 실처럼
같이 살잔다

가막사리되어
어느새
집까지 따라왔다

탄생*

겨울은
눈석임*으로 가고
봄은
시나브로 왔네

오고 가고 또 오는데
처음인 듯
반겨 맞음은
너를
볼 수 있기 때문이다

* 눈석임 : 쌓인 눈이 속으로 녹아 스러짐
* 손주를 기다리며

Yuna Kim

I-ce A-ce*..
소치올림픽 피겨 경기를 보며
수없이 씨부렸다

차가운 얼음판을 뜨겁게 달구어
월계관 대신 명예를 얻어
더욱 아름다운 Ice Ace*!

찬란한 골드 거쳐 연륜 배인 실버를
아름다운 곡선을 사랑해서
어른보다 더 큰 아이

그대는

모두에게 희망을 주고

사랑을 얻었습니다

애태운 만큼 당신을 사랑합니다

* I-ce A-ce(아이-씨 에이-씨) : 마음에 차지 않거나
  못마땅 할 때 내는 소리
* Ice Ace : 빙상의 여제

신기루

만지지 않을게
가까이 가지 않을게
한 눈뜨고 살짝 볼게
아무 말도 하지 않을게

그냥
그 자리에 있어만 줘

소

이라 하면 갔고
워워 하면 섰다
주는 대로 먹고
시키는 대로 일했다
묻거나 따지지도 않았다
코뚜레에 꿰어
한평생 멍에 지고 살았다
큰 눈 그렁그렁한 눈물 남기고
해체되어
한우라는 이름 붙여
고기로 탕으로
주인의 입맛 돋우었다
질긴 인연 가죽으로 남아
가시는 임 발걸음
가볍게 했다

단풍 3

찬 서리 맞아
빨갛게 멍들었다

상흔이 클수록
아픔이 깊을수록
통곡의 소리
계곡에 울려 퍼진다

동족의 잔해가
널브러지고
유혈이 낭자하다

선혈이 붉을수록
피 냄새가 진동할수록
사람들은 열광한다

밑으로 아랫녘으로
하얀 이불 덮을 때까지

가을 풍경

바라보면 수채화
눈 감으면 가을 향

흰 구름도 여유롭고
누른 들판 배부르다

눈에 담으면 사진
마음에 담으면 고향이다

부부 2

세모와 네모가 만났습니다
세모는 네모의 넓은 면이 좋았고
네모는 세모의 각진 모습에 끌렸습니다

살다보니 점차 매력은 그 크기가 줄어 들어
마침내 장점도
이해할 수 없는 단점이 되었습니다
그러면서
네모와 세모는 서로 부딪치고 깎이면서
둥글둥글한 모습으로 살아갑니다

이것이 부부가 살아가는 모습입니다

소리 향香

천년을 머리에 이고
가슴 쳐 울리는
수종사 범종

골짜기를 내려와
사바를 지난다

할喝*

삼라만상
아수我受*의 편린 걷으니

소리도 불심 품어
저리 향기로운가

* 할 : 깨친 자의 자리를 소리로 나타내는 것
* 아수 : 자아에 대한 집착

잿불

하늘 찌를 듯 푸른 날
퇴색되어 갈색으로 말라
쪽 곧은 가운데 토막
재목으로 보내고
한 몸 불태우기 위해
가마에 누워
이글거리는 불 뿜을 땐
세상 무서운 줄 몰랐는데
이제는 온기마저
다 내어 준 채
말없이
한 줌 재로 삭아 내린다

장모님 생각

삼월하고도 삼짇날
길일 받아서

정한수 떠서
씨 간장에 햇 간장 넣는다

백일정성 금줄치고
햇살도 바람도 숨죽인다

켜켜이 쌓인 사랑
검정색 환생하니
모든 반찬 스며들어

오늘 밥상엔
짭쪼롬한 소쩍새 소리 들린다

정

한밤중 개 짖는 소리에
창문을 열었다
도둑고양이 한 마리
먹다 버린 통닭 뜯다
큰 잘못이라도 한 냥
화들짝 마당에 흰 선 긋는다

들어와 이불 덮으니
고양이 생각에 잠이 오지 않는다
오죽 배가 고팠으면
위험을 무릅쓰고 그랬을까
어차피 버리는 음식물 쓰레기
베풀 걸

달빛은 하얀 눈으로 내려
고요한 세상이 참 아름답다
별들도 총총이다

잔설

콘크리트 틈새에서
발버둥 친다
늙어 힘 부친 풀까지 붙들고
놓지를 않는다

바닥도 힘 풀리고
숨줄 놓은 검불
맥없는 줄 모르나 보다
버티면 되는 줄 아나 보다
어차피 눈물 흔적 남기며
사라질 텐데

산야의
새싹들 분주하고
새들도 바빠지는데
시나브로
봄은 오는데

중환자실에서

가장 소중한 게
뭐라고 생각해?

건강이지
건강이 최고야

아니야

살아있다는 거야
아픈 것도 행복한 거야

살아있는 우린
모두
행복한 거야

봄 오는 길목에서

잔설 털어 계곡에 닿으면
나무는 발을 아래로 뻗고
꽃들은 벙글어 흐드러진다

향 실은 바람 등성이 넘으면
산짐승 코 벌렁거리고
산새 짝짓기 바쁘다

따스한 햇살 마을로 스미면
워낭 소리 요란하고
덩달아 아이들 수다스럽다

부부의 노래

- 부인 -

잘난 것도 없는데
싫다잖고
사랑해 주어
고맙습니다

세상에 태어나
내가 한 일 가운데
가장 잘 한 일은
당신을 만난 것이었습니다

앞으로
부족했던 것들
채우며 살겠습니다

- 남편 -

잘한 것도 없는데
마다잖고
살아주어
고맙습니다

다시 태어나도
당신 만나
당신과
결혼하겠습니다

그래서
잘못했던 것들
바로 잡으며 살겠습니다

꽃 2

너
피어있을 때만
꽃이다

제4부

세미원 연

단풍4

끊어질 듯 이어지고
풀어헤친 하늘길
따라 들어선 계곡

큰 바위 맑은 물
빛도 고운데
그물맥에 의지한 나뭇잎
갈색으로 말라가고
불타는 산등성이
물도 붉게 흐르는데

울부짖는 가을
열광하는 사람 사람들

전철 안에서

마주 앉은 사람들
표정이
각각이다

자는 사람
전화기 만지는 사람

무슨 생각 할까
궁
금
해
따라 해 본다

입을 오므리고
실눈 뜨고

우리

오래전부터
하늘은 바다 보고
물빛 닮고
바다는 하늘 보고
하늘빛 닮아
하늘과 바다는
한 색이 되었다

오랫동안
바다는 하늘에
오르고
하늘은 바다에
빠져
바다는 하늘과
한 몸이 되었다

수많은 인연 속에
하늘을 열고
땅을 갈라
사랑하고 닮아서
우리가 되었다

고향 산

사방이 산으로 둘러싸인 내 고향 마을
고개 넘어 길하나 앞 방천 실개천 하나
바람도 쉬어 가고 하늘도 한 조각
아늑한 마을

언제나 뛰놀던 이름 없는 뒷동산엔
우리 엄마 있었다
봉우린 따스한 젖가슴이었고
좌우로 벌린 산들 품속이었다

매일 바라보며 꽃사슴 안고
하늘 날았던 앞산
제비산 능선은
서울로 시집간 누님이었다

주위 산들은 동네 아줌마
언제나 나를 감싸 보살펴주었다

높지도 아름답지도 않은 산
지하자원도 품지 않은
아무도 알아주지 않는
그저 그런 산

뒷동산에 뜬 달 보고 소원 빌고
서산에 지는 해에 눈물 실어 보냈던 산
몸과 마음 키웠던 산

오늘은 그 산이 보고 싶다

꽃 3

당신이 내게
꽃이듯이
나도 당신의
꽃이고 싶습니다

갓 피어난
이슬 머금은
싱싱한 꽃이고 싶습니다

찾아야 보이는
야생화되어
역광에
실핏줄까지 보여주는
꽃이 되고 싶습니다

언제인가
누군가의
꽃이었을 때처럼

옥수수

어두운 흙 속에서
때가 오길 기다렸어요

온몸 흠뻑 젖던 날
해바라기로 뾰족이
세상 밖으로 얼굴 내밀었어요

푸르른 어느 날
돌아서면 크고
자고 나면 자랐어요
쑥쑤욱 자랐어요

진주 같은 자식 감추어 업고
병정처럼 씩씩하게 비바람 맞서고
열기 다할 즈음
업은 자식 내려놓고

갈잎으로 갈잎으로
사라졌어요

겨울 섬 여행

밤새 설레다
기상起床하여
기상氣象부터 살폈더니
눈 내린 항구가 가관이다

여명의 뱃전
바다를 감상鑑賞하다
오버랩되는 옛 추억
실루엣되어
감상感傷에 젖는다

기적汽笛소리에 묻혀
기적奇跡은 사라지고
풍도風島*에서
풍도風刀에
살이 베인다

눈 내린 풍경風景 속

바다는 아스랗고

추녀 끝 풍경風磬이 운다

* 풍도: 서해의 섬 이름

뫼비우스의 띠

너무 좋아 웃다 보면
결국엔 눈물이 나서
울게 됩니다

슬픔도 같습니다
자꾸자꾸 울다보면
결국은 모든 걸 내려놓고
헛웃음을 짓게 됩니다

웃음과 울음은
본디
하나이기 때문입니다

승리의 만세와 패배의 항복도
한 모습입니다
달도 차면 기울고
해는 다시 또 다시 떠오르고
삶과 죽음도 하나입니다

눈 오는 날

눈이 온다
풍경은
멀리서부터
뭉개져
아웃포커싱*된다

하늘과 땅이
하나가 된다

지나는 사람과
설경은
한 폭의
수묵담채화다

* 아웃포커싱(out focusing) : 사진에서 피사체의
  뒷 배경이 희미해지는 현상

인사동 유감

한국에서
한국적인 걸 보고 싶어
인사동 들렀는데

국산은 가격경쟁에 밀려
뒤로 숨고
중국산만 위풍당당하게
전면에 나서 있다

언제부턴가
스멀스멀 들어와
스펀지 물 먹듯 번져
식탁을 차지하고
생필품을 점령하더니

이제는
가장 한국적인 이곳
인사동까지 접수했구나

어디 총칼만 전쟁이더냐
다시 또다시
중국의 속국이 되었으니

싸워 잃은 나라는
찾을 수 있지만
뼛속 깊이 쳐들어온 중국은
떨쳐낼 수 없나니

로드 킬

이름조차 형체조차
알 수 없는 주검
가진 것 모두 놓고
흐물해진 육체
하나로 이어진 세포들
느닷없이 흩어져
날지도 못했다
신작로에서 고속도로까지
길로 우리를 만들어 가두고
벗어나면 속도로 죽임을 주었다

늦더위

입추
말복 지난 날씨가
더워도 너무 덥다

갈 때를 알고
돌아서는
뒷모습이 아름다운데

세상은
온통 태양뿐
엎드려 숨죽인지 오래다

처서 가고 백로 오면
추억일텐데

이 더위
폴더에 담아
한 겨울에
클릭하여 써야겠다

돈

소리 없는 총
날 없는 칼 번득이며
적군도 아군도 없는
치열한 전쟁터에서
모두가 기도하는
신이 되어 추앙받는다
보검으로 찌르다
비둘기 되어 난다
새로운 길을 내어
운명을 비켜 세우고
따르는 자에게 가혹하다
바람은 거미줄에 걸리지 않고
허공에 나부대는 깃발이 피곤하다

이별

오늘 같이 좋은 날
지붕위에 올라가
망건 흔들며
춤추자

맺은 끈 풀고
잡았던 끈 놓고
두 팔 벌리고
팔짝뛰며
하늘 향해
춤추자

우연이 필연되고
인연이 악연되는
다만사
오늘은 춤이나 추자
망건 흔들며

길 2

이 길을 선택하기까지
기대도 하고 준비도 하고
많이도 생각하고 망설였다

개망초 흐드러진 고샅길도 지나고
진달래 만발한 산길도 올랐다
너른 벌판 가 없는 길
비바람 불고 눈보라 치고
턱밑까지 숨 차오르는 벼룻길도 지났다

목적지 가물거려
몇 번인가 이 길은 아니다
돌아갈까 망설였다
가끔 지나는 사람만 있을 뿐
먼 길 동반자는 없었다
길은 끊어졌다 이어지고 또 끊어지고
문 없는 길이 사방팔방으로 있었으나
내 길은 하나였고

나는 어느새 길의 노예가 되어
걸음을 옮기고 있었다

지는 해 보며

당신의 실루엣
앞으로
해가 집니다

나도 몰래
젖은 눈
해는 둘이 됩니다

붉게 물든
저녁 놀
로뎅의 조각상

뜨고 지고 다시 뜨는
뫼비우스의 띠

욕지도의 밤

바닷가
오망한 기슭에
해 저물면
달빛 실은 부부의 배 들어오고
밤이 되면
어둠의 한 이불 덮고 깊은 잠에 빠진다

바다는 철썩 철썩
밤새 제 몸 씻기 바쁘고
별들도 총총 얘기가 많다

하릴없는 이방인 생각도 많다

목수

제 집은 없이
남의 집 짓느라
못을 박는다
나무에도 박고
콘크리트에도 박는다

집에 와선
허한 가슴에
못을 박는다
가족들 가슴에
못이 박힌다
대못이 박힌다

마태복음 5장 3절에
못을 박는다
십자가에도

연화장*에서

연화장 가는 길은
개망초 달맞이 지천이었다
야속하리만큼 아름다웠다
망자는 저승 가는 대기실에서
순서만 기다리다
한 줌 재로 산화하고
가족은 가슴만 칠 뿐
울음도 메말라 말이 없다
사람들만 바삐 왔다갔다 수선스러울 뿐
소쩍새 소리마저도 없이 정적만 감돌았다
굴뚝엔 연기 하나 없고
옆 유원지 원앙 사랑 놀음 바쁘고
파란 하늘에 구름만 둥실 떠 있다

* 연화장 : 수원에 있는 화장장

불면不眠

길고도 깊은
모두가 잠든 밤
시계만
홀로 잠들지 못하고
멈추지 않는 심장 소리로
살아있음을 알린다

소리는
방안 가득 어둠을
먹어 치우고
영혼은 점점 또렷해진다

여명의 세상
잠을 깨면
시계는
소리 없이 잔다

나도 잔다

홍시

땅에서 올라와
피고 떨구고
여름 내내
하늘만
바라보다
태양 닮았다

빈 하늘 좋아
속까지 물렀다

기다리다 기다리다
까치 타고 날았다

멀리
하늘로

오메가 출사*

장화리 바닷가
해넘이가 아름답다
다사한 하루 마치고
장엄하게 연출되는 석양을 찍으려고
진사*들 한 소대 이루었다

삼 대가 덕을 쌓아야 담을 수 있다는 오메가
병장기의 방아쇠가 당겨진다
장총에 대포까지
소리 없는 총성이 요란하다

하루를 마감하는 오메가 사라지고 사격이 멈추고
붉은 해를 삼킨 바다는 입맛을 다시고
하늘은 언제 그랬냐는 듯
어두움으로 바다와 하나 된다

사격 끝낸 병사들 뿌듯한 마음 안고

차에 오르고

차 떠난 빈 바다는 공허하기만 하다

* 오메가 출사 : 오메가 모양의 해넘이 사진을 찍으러 감
* 진사 : 사진사

화야사花野寺의 봄

봄 햇살 등에 지고
자드락길 오르다 들어선 계곡
물들이 자갈자갈 놀다 가란다

파란 하늘 흰 구름 내려다보고
먼 산 넘은 바람 경내 기웃대는데
고요한 사찰
처마 끝 풍경만 아는 체한다

산비탈 얼레지 할딱 제 몸 까뒤집어
까르르 웃자 노랑나비 한 쌍
산으로 갈까 꽃 찾아갈까 낮게 낮게 날고
산벚나무 우르르 꽃비 되어 흩뿌린다

산마루 고라니 지난 사랑 생각에
가던 길 멈추고
법당 안 청맹과니 두 손 모은다

풍경風磬

물에 살다
뭍이 그리워
산으로 오르다
절간 추녀에 걸렸다

타고 온 바람
지날 때 마다
떠난 곳 그리워
늦가을 해거름
바짝 바른 몸
쇳소리로 운다

바다바라기 되어

두물머리 산책

두물머리 아침 안개는 아스라하니 동화 속입니다
당신과 함께 왔던 그 곳 그 자리에 앉았습니다
남들 눈엔 빈 휠체어가 가슴 아릴지 몰라도
나는 당신과 함께 있어 참 좋습니다
남들은 혼잣말하는 내가 이상할지라도
나는 당신과 추억을 하니 좋습니다
당신이 보는 앞에서 혼자 아침을 먹고
당신이 잠든 수종사로 가렵니다
꽃들이 반기는 그 길을 따라가렵니다

개망초 꽃다발을 받고 좋아하던 당신
아우성치는 봄꽃보다 소리 없이 피고 지는
여름꽃이 더 아름답습니다
운길산 산중에 핀 나리꽃
보는 이 없어도 혼자가 아닙니다
따뜻한 햇볕이 어루만지고 개울물 속삭이며 얘기하고
지나는 바람 소식 전합니다

뭉게구름도 당신을 내려다 봅니다
보이는 것만 있는 건 아닙니다
눈 감아야 보이는 것도 있습니다

자세히 보면 야생화가 더 아름답고
없는 듯한 낮달도 있고
언젠가 당신과
두 물 만나 한 물 되어 안갯속으로
흘러 흘러 한 강물 되렵니다

세미원 연

세미원에 가면
이런 연 저런 연
참 많다
개연도 있고 쌍연도 있다

갓 핀 연 핀지 오래된 연
붉은 연 하얀 연
큰 연 작은 연
아예 누워버린 연도 있다

자세히 보면
가시 돋친 연
꽃 질 때 물속으로 사라지는 연도 있고
알고 보면 외국 연도 있다

세미원 연들은
못생긴 연은 없다

모두
예쁘고 향기 있고
세상 물 들지 않는
고고한 연들뿐이다

두물머리 산책

김 광 진 시집

초판 1쇄 찍은 날 | 2015년 1월 8일
초판 1쇄 펴낸 날 | 2015년 1월 15일

지은이 | 김광진
펴낸이 | 최봉석
펴낸곳 | 도서출판 해동
출판 등록 | 제05-01-0350호
주소 | 광주광역시 동구 문화전당로 23(남동)
전화 | (062)233-0803
팩스 | (062)225-6792
이메일 | h-d7410@hanmail.net

ISBN 979-11-5573-027-0 03810